AF728780

1911 Juin 13

706 Chambre des Commissaires-Priseurs
Envoi à la Bibliothèque Nationale

HÔTEL DROUOT, Salle N° 10

EXPOSITION : le Lundi 12 Juin
VENTE : Mardi 13 Juin

Objets d'Art de la Chine et du Japon

Mᵉ ÉDOUARD FOURNIER
Commissaire-Priseur

M. ANDRÉ PORTIER
Expert

Objets d'Art de la Chine et du Japon

BOIS SCULPTÉS — LAQUES
BRONZES ET CLOISONNÉS — POTERIES CHINOISES
ET JAPONAISES — VERRES CHINOIS
PIERRES DURES — TABATIÈRES — PEIGNES — COUPES
A SAKÉ — NETZUKES — PANNEAUX PEINTS
ET BRODÉS — INROS — SABRES — CÉRAMIQUE

dont la vente aura lieu

LE MARDI 13 JUIN 1911

à 2 heures

HOTEL DROUOT, SALLE N° 10

Commissaire-Priseur
Me ÉDOUARD FOURNIER
29, Rue de Maubeuge

Expert
M. ANDRÉ PORTIER
24, Rue Chauchat

CHEZ LESQUELS SE DISTRIBUE LE PRÉSENT CATALOGUE

EXPOSITION PUBLIQUE

Le Lundi 12 Juin 1911, de 2 heures à 5 heures 1/2

CONDITIONS DE LA VENTE

Elle sera faite expressément au comptant.

Les acquéreurs devront payer 10 p. o/o en sus des enchères.

L'Exposition mettant le public à même de se rendre compte de l'état des objets à vendre, il ne sera admis aucune réclamation, l'adjudication prononcée.

DÉSIGNATION

BOIS SCULPTÉS

1. — Bouddha debout, la main droite levée faisant le « geste qui rassure », la main gauche celui de la Charité. Bois à patine rouge avec traces d'or.

2. — Autre bouddha debout sur son lotus, la main droite levée, la paume en dehors dans le geste de l'argumentation.

3. — Autre bouddha assis, l'urna au front, les mains réunies dans le giron.

4. — Statuette de prêtre assis, lisant un makemono.

5. — Statuette de prêtre assis, les jambes repliées, les mains jointes pour la prière.

6. — Kwannon assise, l'urna au front, portant quatre bras dont l'un appuyé sur le genou, soutient la tête.

7. — Statuette de Kwannon assise, sur un socle de lotus doré, la main gauche esquissant le geste qui « rassure ».

8. — Grande statuette de prêtre, assis, en prière.

9. — Statuette de Daikokou, un lourd sac sur l'épaule, le ventre portant un médaillon de petites pierres talisman.

LAQUES

10. — Petit cabinet en laque noir décoré en or de fleurs de cerisier. La porte à charnières ciselées découvre trois tiroirs également décorés de laque d'or.

11. — Gourde en laque d'or décorée en relief dans le style de Korin.

12. — Boîte écritoire en laque noir décorée d'un immense dragon en laque d'or traversant les flots.

13. — Boîte écritoire, en laque pailleté de nacre, décorée en relief d'un pinceau, d'une pierre à encre et d'un cachet, dans le style de Ritsuo.

14. — Petite boîte en laque décorée de rinceaux fleuris en nacre incrustée.

15. — Boîte ronde, en laque Kamakoura, décorée sur le couvercle de deux musiciens.

16. — Boîte ronde, en laque imitant le bois, décorée d'une branche de prunier.

17. — Boîte ronde en bois naturel, décorée sur le couvercle d'un personnage chinois portant des fagots. Incrustation d'ivoire, de nacre et de jade.

18. — Boîte rectangulaire en bois de santal finement fouillé d'un grand nombre de personnages près d'un temple.

19. — Nahume en laque Nachiji, décor d'armoiries et de pins.

20. — Nahume en laque Tamenouri, décoré de bambous.

CLOISONNÉS. CHINOIS

21. — Petit vase tubulaire en cloisonné sur cuivre décoré sur fond vert de palmes polychromes. Époque Ming.

22. — Petite bouteille cloisonnée, décor de dragons dans les nuages. Même époque.

23. — Joli petit vase tubulaire, décor de grecques. Époque Kienlong.

24. — Bonbonnière lenticulaire en cloisonné sur fond bleu. Époque Kienlong.

BRONZES

25. — Statuette en bronze d'un Sennin debout.

26. — Statuette d'un personnage, retenant d'une main une cigogne.

27. — Statuette analogue à la précédente.

28. — Statuette rappelant le même sujet.

29. — Petit personnage debout sur un socle porté par deux tortues marines.

30. — Oni en bronze.

31. — Petite statuette de savant profondément endormi. Socle en bois.

POTERIES CHINOISES

32. — Grand vase, portant deux mascarons. Époque Han.

33. — Vase oviforme. Même époque.

34. — Petit vase ovoïde, à glaçure argentée. Même époque.

35. — Vase cylindrique portant cinq petites anses. Époque Yûan.

36. — Vase oviforme, à patine rouge brun. Même époque.

37. — Vase à panse évasée, portant deux petites anses. Même époque.

38. — Vase oviforme, partiellement couvert d'une glaçure brune. Même époque.

39. — Petit vase en forme de boule, gravé de nuages. Époque Sung.

40/41. — Deux vases oviformes de l'époque Yûan.

42. — Petit vase cylindrique analogue au n° 35.

VERRES CHINOIS

43. — Porte-pinceaux décoré en relief rouge sur fond blanc laiteux de bambous, de pins et de pruniers. Epoque Kienlong.

44. — Porte-pinceaux du même style que le précédent, à décor de dragons. Même époque.

45. — Vase évasé, portant deux mascarons, en verre opaque jaune. Même époque.

46. — Vase à panse arrondie d'un joli bleu à taches vertes. Même époque.

47. — Vase à col allongé, vert opaque. Même époque.

48. — Vase à col allongé, vert transparent. Même époque.

49. — Vase allongé, décoré sur fond jaune d'un dragon rouge. Même époque.

50. — Bouteille à long col, bleu. Même époque.

51. — Même forme que le précédent, jaune. Même époque.

52. — Même forme, décor de branches de pêcher rouge sur fond blanc. Même époque.

53. — Vase élancé, bleu vert. Même époque.

54. — Petit porte-pinceaux décoré de fleurs de cerisier rouge sur fond blanc. Même époque.

PIERRES DURES

55. — Coupe à eau joliment évidée en belle lardite rouge, finement sculptée et ajourée de branches de chrysanthèmes.

56. — Petit ornement en ambre représentant un Sennin s'abritant sous un rocher.

57. — Ornement en ambre représentant une pêche joliment sculptée.

58. — Statuette de Jurogin en ambre.

59. — Ornement en corail représentant une chimère tapie derrière une touffe de chrysanthèmes.

60. — Ornement en corail. Personnage assis sur le dos d'un énorme dragon, au milieu des flots. Incrustations de petites perles.

FLACONS TABATIÈRES

61. — Tabatière en agathe brune, décorée dans une veine blanche de chevaux et de singes. Bouchon quartz rose.

62. — Tabatière en agate brune, portant en relief plus foncé un batelier jouant de l'aviron. Bouchon jade.

63. — Flacon tabatière, décorée de deux têtes de chimères, en pierre imitant le marbre veiné.

64. — Jolie tabatière en verre blanc bordé de bleu.

65. — Tabatière en verre blanc décoré en relief rouge de rinceaux fleuris. Bouchon corail.

66. — Tabatière en cristal de roche gravée sur les deux faces d'un oiseau de Ho et de bambous. Sur les côtés, deux têtes de chimères portant des anneaux. Bouchon quartz.

67. — Tabatière en agate jaspée. Bouchon jade.

68. — Tabatière en cristal de roche uni. Bouchon de couleur.

69. — Tabatière en agate mouchetée. Bouchon jade.

70. — Tabatière en verre finement peinte intérieurement de scènes chinoises. Bouchon marbre teinté.

71. — Tabatière en verre blanc décoré en bleu, d'une barque et d'un temple. Bouchon de couleur.

72. — Godet à huile en verre joliment teinté vert.

73. — Petit pose-pinceaux en ivoire, imitant un tronc de bambou avec une touffe de chrysanthèmes. Évidé intérieurement, il cache une petite grenouille.

74. — Autre pose-pinceaux, même travail.

75. — Boîte à parfums sculpté de poissons se jouant dans les vagues de la mer.

76. — Petite garniture en argent ciselé, représentant une procession princière chinoise, composée d'une chaise, quatre jardinières et un porte-sabre.

BRONZES

77. — Petit brûle-parfums, représentant une chimère, une patte posée sur la boule du monde, ajourée.

78. — Mulet galopant.

79. — Sur le dos d'un bœuf accroupi, un jeune garçon lit un livre.

80. — Petite pièce en bronze imitant un fruit kaki desséché.

81. — Grue accroupie.

82. — Une touffe de feuilles entourant une grappe de fruits.

83. — Petite Kwannon en bronze.

84. — Statuette du prince Shotokou, debout, la main levée.

85. — Brûle-parfums en forme de coq, la queue déployée.

86. — Groupes de tortues sur un rocher.

PEIGNES

87. — Peigne en laque d'or décoré en relief d'un vol de grues.

88. — Peigne en laque d'or décoré de coquillages et de canard.

89. — Peigne en laque d'or incrusté de nacre décoré d'oiseaux sur une branche de camélia.

90. — Peigne en écaille décorée en laque d'or de pivoines fleuries.

91. — Peigne en laque d'or décorée en laque rouge de fleurs et d'oiseaux.

92. — Peigne en écaille décoré en laque d'or d'un oiseau dans les camélias.

93. — Peigne en bois décoré en relief de chrysanthèmes incrustées.

94. — Peigne en os, avec panneau supérieur mobile, représentant un ibis.

95/96. — Deux épingles de chevelure à décor d'« hydrangea ».

97. — Peigne et barette de cheveux en verre.

COUPES A SAKÉ

98. — Coupe à saké en laque rouge décorée d'un demi-buste de Taijü.

99. — Coupe à saké en laque rouge décorée d'une rue de Yédo.

100. — Coupe à saké en laque rouge décorée d'un vol de grues.

101. — Coupe à saké en laque rouge décorée de grues sous un pin.

INROS

102. — Inro 4 cases laque Fundame. Paysage et forêt de pins.

103. — Inro 1 case laque Tamenouri. Chrysanthèmes de nacre.

104. — Inro 3 cases laque Togidachi. Prunier fleuri.

105. — Inro 5 cases bois sculpté représentant Shinno, le dieu de la médecine.

106. — Inro 4 cases cuir doré, décoré d'un motif de camélias.

107. — Inro 2 cases bivalve, décoré sur laque noir d'un dragon.

108. — Inro 4 cases en laque noir avec incrustations de nacre, grue et libellule.

109. — Inro 1 case laque Togidachi, décor montagneux au clair de lune.

Signé : Kajikawa.

110. — Inro 3 cases laque noir, décor de papillon et d'hydrangea.

Signé : Jokasaï.

111. — Inro 1 case laque noir décor de rinceaux fleuris en chinkinboré.

NETZUKÉS

112. — Bois : Hotei sur son sac. Cavalier sur un bœuf. Ivoire. Personnage hollandais.

113. — Bois : Ofoukou. Aveugle. Chimère.

114. — Ivoire : Marchand de sabre. Marchand de papier. Paysan et bœuf.

115. — Masque d'Oni, en bois.

115. — Petit crâne en bois.

117. — Cachet en ivoire, surmonté d'une tête de dragon.

118. — Cigale au repos, en ivoire.

119. — Danseuse de temple, bois.

120. — Gamin jouant avec un masque.

121. — Deux phoques en bois.

122. — Chimère accroupie, ivoire.

123. — Pêche en bois.

PANNEAUX

124. — Panneau circulaire en laque noir, avec incrustations de porcelaines représentant une cigale sur un arbre.

125. — Panneau peint sur bois représentant une divinité bouddhique debout.

126. — Deux panneaux peints sur bois représentant Amida et Fudo.

127. — Panneau en soie brodé, décoré d'un vol d'oiseaux de Hoo.

128. — Panneau en soie brodée, décor de branches de pêcher.

129. — Deux panneaux portant sur un fil grillage de bois des applications représentant un héron ; doublés soie légère et vernissée.

130. — Paravent à deux feuilles en bois peint : décor de pavots.

131. — Petite porte de Daimio, en bois, décor de pivoine et de chimère.

132. — Une autre porte, décor de pivoines et de faisans.

133. — Deux autres portes, décor de grues sous un pin.

134. — Deux autres portes décorées sur une face de cerfs et d'érables, de l'autre de grues et de pins.

135. — Une autre porte, décor pivoines et papillons.

136. — Deux autres portes — scène de neige — hérons dans un arbre.

137 — Deux autres portes, coq et poule dans les bambous.

BOITES A TABAC ET DIVERS

138. — Boîte à tabac en bois sculpté et laque à décor de fleurs et de papillons.

139. — Boîte à tabac en bois simulant le cuir.

140. — Boîte à tabac en bois sculpté, une partie imitant la vannerie.

141. — Boite à tabac en bois sculpté, décorée de fleurs.

142. — Boite à tabac en bois sculpté, décor de dragon.

143. — Boîte à thé en laque Zonseï, décor d'oiseaux de Hôo.

144. — Boîte à thé en forme de tortue.

145. — Boîte à cendre d'encens, en laque Nachidgi, décor de chrysanthèmes.

146. — Boîte à thé en papier mâché, décor de gourdes.

147. — Grande pipe de lutteur en cuivre ciselé.

NETZUKÉ

148. — Netzuké en laque, représentant une grue accroupie.

149. — — en bois, jeune garçon criant.

150. — Netzuké en laque, imitant un bâton d'encre de Chine.

151. — — en ivoire, haricot et coccinelle.

152. — — en laque rouge, cheval au champ.

INRO

153. — Inro en bois imitant un bambou gravé de cent et une poésies.

154. — Inro en laque Sabyi rougeâtre, décor de chapeaux de musiciens. *Signé :* Kogyokou.

155. — Inro en laque Jidaï, décoré d'un symbole bouddhique.

156. — Inro en fer décoré au laque d'or, d'un bouquet d'herbes d'automne.

157. — Inro en laque Tamenouri, décor de lapin et d'herbes.

158. — Inro en laque Togidachi, Koteï et Karaki en bateaux.

159. — Inro en laque Sabyi, imitant le fer, incrusté de fleurs en relief.

160. — Inro en laque Togidachi, représentant la lutte entre Kumagaye et Ashumori.

161. — Inro en laque noir, à décor de paulonia et de pot à thé.

162. — Inro en laque Tamenouri, décor de grue et de prunier fleuri.

163. — Inro en laque noir, décor de chrysanthèmes. *Signé :* Chokateï.

POTERIES JAPONAISES

165. — Bouteille hexagonale, à décor de chrysanthèmes en relief, Awala.

166. — Godet à eau, genre Agano.

167. — — genre Chino.

168. — — genre Oribe.

169. — — genre Karatsou.

170. — — genre Shino.

BRONZES

171. — Vase ovoïde, portant deux anses, sculpté sur la panse, de paysages chinois, bronze chinois Takusaï.

172. — Brazier en bronze chinois, à décor archaïque.

173. — Brûle-parfums en bronze sentokou, le couvercle ajouré surmonté d'une chimère.

174. — Brûle-parfums chinois, en bronze à jolie patine verte, couvercle et socle en bois sculpté.

175. — Brasier japonais en bronze, décor de dragons et d'oiseaux de Hôo.

176. — Pendant du précédent.

177. — Bronze rouge chinois, représentant Fughen assis sur le dos d'une chimère.

SABRES

178. — Sabre de médecin en bois sculpté de pivoines et d'iris.

179. — Sabre imitant un corps de serpent, Menuki, tigre et Kotzuka avec motif de vagues.

180. — Sabre de médecin avec décor de jouets en laque.

181. — Epée d'un officier de haut rang, en laque noir à décor de dragons, lame triangulaire gravée.

182. — Pipe à tabac imitant un sabre de médecin, décorée de coquillages appliqués en ivoire.

Signé : Ikko.

183. — Grand sabre à poignée de galucha, décoré sur le fourreau en laque noir de branches fleuries et fruits métalliques.

184. — Plateau en laque Nachiji, décor en laque d'or et shakoudo d'un coq et d'une poule.

185. — Plateau en laque pavée de nacre. Epoque Kamakoura.

NETZUKÉ

186. — Darma, paysan dormant, Dojoji, Fukusuke, marchand de porte-bonheur (cinq pièces bois).

187. — Serpent, grenouille et escargot, lapins, ornements de fête, Oni sur un tambour, Fukusuke (cinq pièces dont une ivoire).

188. — Singe portant un sac, Oni et tambour, singe et ses petits, deux guerriers (quatre pièces dont une ivoire).

189. — Sennin, Singe, Hoteï, cerises (quatre pièces dont une en laque).

190. — Champignon, pigeon, chimère, vache, Hoteï dans son sac (cinq pièces bois).

191. — Oni criant, personnage et gourde, hibou, pêcheur, Ofoukou (cinq pièces bois).

PIERRES

192. — Grande statuette en pierre, représentant Zijo debout sur un socle de lotus.

193. — Deux renards d'Inari, en pierre.

194. — Petite statuette d'Amida, marbre.

195. — Jolie statuette en pierre d'un savant chinois assis. Epoque Tang.

196. — Amida, assis sur son lotus, les jambes repliées. Epoque Tang.

PORCELAINE CHINOISE

197. — Petit vase ovoïde à glaçure bleu-violet.

198. — Petit vase à goulot lobe, clair de lune. Epoque Sung.

199. — Vase en forme de boule, décoré sur fond blanc, de branches de pivoines fleuries, socle et couvercle bois. Epoque Yungching.

200. — Vase analogue au précédent.

201. — Grand vase à eau, d'Annam, décor de chrysanthèmes.

202. — Vase à panse arrondie, glacure verte. Epoque Ming.

203. — Vase ovoïde, décor de chrysanthèmes, couvercle et socle en bois sculpté, glaçure crème.

204. — Vase en forme de boule, glaçure vert clair. Epoque Kienlong.

205. — Bouteille genre Coréen, à col élancé.

SOCLES

206. — Socle en bois sculpté et doré, décor d'oiseaux de Hôo.

207. — Socle en bois sculpté et doré, Lotus.

208. — Socle en bois sculpté et laque rouge, rinceaux fleuris et chrysanthèmes ajourés.

209. — Socle en bois sculpté avec peinture de chrysanthèmes.

210. — Socle en bois sculpté et laque rouge, médaillons dorés.

211. — Canne d'acteur chinois, pour la scène, en bois sculpté et laqué.

212. — Grand panneau allongé et étroit, lune et branches.
Signé : Seiseï.

213. — Autre panneau, représentant deux singes dans un saule.
Signé : Koma Kyoryu.

214. — Joli paravent à deux feuilles en bois sculpté et laqué rouge, décor de personnages chinois. Epoque Kienlong.

DIVERS

215. — Brûle-parfums trépied en bronze, sentokou, couvercle ajouré formé d'une branche.

216. — Autre brûle-parfums à décor de paysages.

217. — Statuette de savant chinois accroupi.

218. — Dieu de la longévité en lardite noire.

219. — Petit personnage en bronze niellé d'or, richement vêtu.

220. — Gourde en porcelaine bleu et blanc, monture bronze doré.

221. — Petit peigne en laque d'or avec incrustations de pierres diverses.

222. — Une petite plaque de jade gravé, monté en écran, garniture bois de fer.

223. — Deux écrans peints sur carton, paysages chinois.

224. — Quatre livres japonais illustrés en couleurs.

225. — Un lot estampes modernes.

226. — Deux livres, Hokousaï, Sukenobou.

227. — Deux grandes divinités bouddhiques, debout sur le lotus sacré, bronzes antérieurs au xve siècle, traces de dorure.

228. — Deux autres statuettes bouddhiques assises, à jolie patine rouge, or.

229. — Deux autres statuettes de divinités debout.

230. — Deux cloches bouddhiques, à décor de zones concentriques et de palmes.

231. — Deux cassolettes trépied en bronze à jolie patine brune, cachet xviiie siècle.

232. — Joli vase en bronze à huit côtés dentelés, cachet xviiie siècle.

233. — Brûle-parfums en forme de chimère, la tête formant couvercle.

234. — Deux petits vases élancés.

235. — Cinq miroirs anciens, à décors variés de caractères et d'animaux chimériques.

236. — Une collection de sapèques chinoises, quelques-unes de l'époque Han.

237. — Un joli rosaire en bois sculpté et ciselé avec ornements d'émaux polychromes.

238. — Numéros omis.

ÉVREUX, IMPRIMERIE CH. HÉRISSEY, PAUL HÉRISSEY, SUCC^r

www.ingramcontent.com/pod-product-compliance
Ingram Content Group UK Ltd.
Pitfield, Milton Keynes, MK11 3LW, UK
UKHW032037260826
14628UKWH00007B/3027

9 782329 436548